U0068287

彷彿，一群字體在遺書裡活著

吳龍川詩集

目次

彷彿，一群字體
在遺書裡活著

彷彿，一群字體
在遺書裡活著

卷一

上燈的時候

所以我們要築成一首詩

若分開，我們各自是
不成篇的一個字
像滔滔江河裡，星散四處
逐波而流的碎石
擊不起水花，擊不出
回響鏗鏘

所以我們要築成一首詩——
顆顆石子靠攏攢聚，調整
以最嚴密的角度
疊砌
在湍流中矗起
架構完美，一座
自在圓滿的巨岩
抗拒侵蝕和衝力
且讓奔濤每次的逼臨
皆帶著驚嘆的泡沫
輾轉流去

所以我們要築成一首詩

一首永恆的雋永，延續

千古傳統，且昂然

屹立於時間洪流

讓悄悄攀緣的歷史

是存在的唯一見證

原刊大馬《新明日報》「沙洲」，1987年6月9日

辦公室裡的盆栽

（霧樣的恍惚裡，彷彿是
在積雪的崖頂，臨摹
激越的溪澗和
遠遊的雲……）
而
該掀起萬壑松濤底
道勁，依舊瘦弱地撑曲在
蛇也似緊纏的鐵線裡
該圓美底藍空，仍是
百葉窗外被割裂成碎片的
連綿樓景。多麼遙遠的
天呵，遙遠──

（逐漸遺忘星月與山川
只偶爾念及唯有死後
方飄遊如煙，奔流成
律動底泉音……）
如今，是竭力地
在氣候寒冷，牆白似雪的
辦公室裡，盡量擺出

彷彿，一群字體
在遺書裡活著

一株盆栽的樣子
忐忑聆聽，打字機反覆擊打
囹圄裡的自己
瘖瘂的驚呼中，頻經翻動的文件
迎面化為一疊疊窒人的
浪——

（而所有被一匜匜泥土緊緊扼得
直喘氣的，將繼續
默默竭力，擺出
一株最自然底
盆栽的樣子。）

原刊大馬《新明日報》「沙洲」，1988年1月24日

我只想溫柔的看妳

想這確是秋天了呵
暮色中的河流，已開始等待
落葉。濃霧裡
我依稀望見，一顆星
在遠方蒼茫亮起
而此刻，如山林親親
環擁著霧，我只想
只想溫柔的看妳
在往後的足跡所及
愛柔愛繚繞的妳
總婉約的美在山水空濛裡

妳不要悄悄，悄悄垂睫
不要讓我，在白茫茫裡瞥見
紛亂的蘆荻上，早凝的霜露
讓我們記取，窗外大雪紛飛
我們以生命燃起的，一爐
永遠靜美的舞踊。像此刻
欲以一生，親親傍依
水聲的岸，我只想

彷彿，一群字體
在遺書裡活著

只想溫柔的看妳
不管延伸至何處，在壯闊中
朝海濤奔赴的
我，懷中恆有
低吟淺唱的妳

清晰的欸乃劃破
如水的靜寂。我知道
思念從此是
迂迴的昏晦中，一朵
我愛夜讀的暖亮燈火
而此刻，像圓穹亙古伸臂
默默擁向遠方，我只想
只想溫柔的看妳
我們是溫婉
柔美的圓環，被天地所鑄
叮叮叩響永恆的門扉

原刊大馬《南洋商報》「南風」，1988年5月29日

上燈的時候

——不知怎麼讓我闖入高閣
　且點著了燈，才知道
　已是上燈的時候

上燈的時候，驟然底光刺痛
曾麻木於黑暗的眼
和心。檢視殘餘的典籍
積塵與紙屑驚惶
揚起，模糊了視線。
牆上幾行
悲憤狂草，在
燈影顫搖的
蒼涼裡，披髮
啞默——仗劍遊走
試圖逸出欲傾圮的
一壁剝落。

上燈的時候，推窗望見
那匹黑夜，正在風雲中翻滾
且以沉雷獰聲低吼
以閃電的森冷目芒迅速

彷彿，一群字體
在遺書裡活著

把我殛成一尊震愕的
石像。而千簷萬瓦
在風的悲嘯中沉沉
入睡，零星幾點燈
被驚醒，黯淡映著
伸入蒼茫的滯塞河流──它呵
卻以嗚咽，讓我的凝望受傷

上燈的時候，燒灼我的
那盞亮著的孤單
把我框成黑夜裡的窗
總存在於光和暗之間……
然後我突然
尖銳察覺夜
開始凶猛狂野地
撕咬……（我聽到！
我聽到，一片柔和的鼾聲
隱約傳來。）

原刊大馬《新明日報》「沙洲」，1988年6月23日

未知

沿著
這條洶湧的河
奮力划下去。我想
我們是在下游見面了
那裡會躺著一片熟睡的
金黃稻田吧。夜晚
在卷鬚溫柔依繞甚或
瓜兒青澀的棚下
月是圓呢還是缺。當我們
把緊附乾柴上
霉斑似的記憶,投入
篝火中取暖,融化眉宇的
霜雪;月是圓
還是缺呢?
雲水茫茫,沿著
多歧的河,竭力
划下去,我想
我們真的會
在下游見面嗎……。

原刊大馬《南洋商報》「南洋文藝」,1988年10月31日

彷彿,一群字體
在遺書裡活著

河岸——兼致離別的我們

黃昏。——那排蘆葦沾了
斜陽，便在竹叢吟哦中低頭
朝白紙似的河面
窸窣塗寫起來；多像我們以前……
我戀棧地望著，而果然
紙上湧現騰躍的魚群，追逐
如淚珠般愛笑鬧的泡沫
但瞬平靜了。
風突然大了，蘆葦挺腰亂舞
像紛紛送行的
手臂，美麗的夕陽呵
如快車上的一盞燈，轉眼
轉眼就彎進山後了。暮色遂驚散
一群久匿的水鳥，有的
孤影低迴，有的遙遙相喚
在各自的航線上。
水聲匆匆裡，仍堅持一點燦爛的
最後的暮雲，終於也漸漸
漸漸黯淡了。我只好
只好戀棧地望著。然後起身

沿著河岸摸黑走下去
燈火隱約在前，有時暗了
有時又亮……。

原刊大馬《南洋商報》「南洋文藝」，1988年10月31日
台灣《青年日報》，1992年7月7日

彷彿，一群字體
在遺書裡活著

兩隻羊過橋

童稚曾經的廣遠，如今是
被框在一頁小方紙上的
國小課本中的故事
——兩隻羊，要過橋

危險繫於一線而
堅信各自的狹隘去向的，眼裡
始終侵占住
一個同樣戒備的對方
同樣以尖銳如角的不安，同樣
以疑慮的鬚，焦躁的蹄
在承受不起
慾望重量的小橋
對峙

橋下流水，隱約是
天地的輕聲閒談，又彷彿
什麼都不是

在和一生等長的橋上
重複演繹著
有時墜水
有時退讓的永恆公式，重複
巨大的衝突，和小小的
自己

我在一個故事中生活
常不復記得
那是故事。忘了
什麼時候才走出來，笑著
隨手把課本闔上……。

原刊大馬《星洲日報》「文藝春秋」，1990年2月23日

卷二

彷彿，一群字體在遺書裡活著

我們的家

每天早上，陽光彎彎曲曲
跟著山花垂掛兩旁的坡徑
走沒多久便到我們家了
逐一溫柔喚醒
關著幾堆美夢的小村舍以及
煙囪和古井
（庭院落了一地美麗過的昨日
雲霧就帶著夢回到遠處的高山上了）
我們和椽梁門窗一起，繼續
相親相愛支持起一個完整的家

擣衣聲裡，環繞的河水繫著
小村落永遠的幽靜
楊柳淡淡幾筆描出
鵝鴨，在蓮葉田田的池塘
牛羊，靜靜在青青的坡上
當陽光和愛一樣溫暖
細竹籬笆，依依等待的時候
調皮愛轉彎的小路接我們
上學或工作，讓辛勤的犁

耕耘圖畫般的土地
快樂的筆細細繪著
未來可愛的輪廓

當炊煙悠悠散成了薄暮
河水蜿蜿
流來了山谷的月色
稻香裡，一壺茶，一盤棋
把故事拉得像榕樹的鬍子那樣長
鞦韆和笑鬧越盪越高，繩子兩端
緊緊綁著一段童年時光
竹窗下，俛仰之間有人解纜
揚帆於詩句奔流而成的滔滔長江──

等到只剩天上那盤
星星的棋沒散，月光已悄悄畫好
墨意酣暢一幅田園潑墨
寂靜是海，蟬聲如潮
燈火是盞盞熟睡的小船；夢
夢就和雲霧

輕輕推開每一扇窗

朦朧婉約了

一個夢裡的小村莊⋯⋯

原刊《大青年馬》第七期，1989年

「第六屆大馬旅台文學獎」新詩主獎，1989年

彷彿，一群字體
在遺書裡活著

探險

漸行漸蔭蔽詭譎的叢林河道裡再一次
我狼狽划著獨木舟奮力奪路而逃直到
直到身後躡來陰惻惻那鼓聲
鬼魅般消散；但並沒有遠離

我咬著牙，放慢速度
盡量習慣沈默的包紮難癒的新創傷
重複探索，茫無方向地
那不知不覺中被鼓聲幽幽劫走的夢
美麗的蹤影。（沿途一貫望見
別人中伏的夢，垂死掙扎留下的血跡）

一條條水勢翻騰竄動如蛇交織成前路
箭芒冷冷窺伺於隱密暗處
閃爍著日益狡捷疑懼的眼
——曾經凝亮瑩澈如
　　指引方向的星辰
我在籬蔓荊棘重重掩護下迂迴前行
窸窣刺耳的摩擦聲中湮遠的記起
無憂無慮一支頑皮動聽的安眠曲

（偶爾倦怠回首，眺望
因簡單而充滿想像美的上游──遙遠且
模糊，天真單純，滿懷愛的夢正牽我
每天穿過花草沿岸繽紛的歡呼
然後和月光在柔靜的河灣停泊
探險，剛剛快樂的開始……。）

鼓聲
加強頻率逐漸如戰雲密集
而脆弱的夢淒厲的尖叫
也總令人驚醒，餘音清晰
如在左近，所以不死心地
一直到如今，在繁複多變的環境
我還不明確地
籌思拯救夢的
妙計……。

原刊《大馬青年》第七期，1989年

荒島記

I

日出之前，我終於

在一座荒島登陸，帶著

搶救自船觸礁後的粗陋工具

和一行散亂的足印

在山洞安置了

類似海面打轉底空瓶

長久的漂流意識以及

茫然與愴惶

洞外最後一顆星星下

我攤開皺摺陌生的地圖

──和熟悉溫暖那張遙遠成

　　數紙之隔

暫時看看有沒有

一個新的立足點和方向

‖

（許久了，始終看不到
一株希望的船桅，悲愁天天躲在
垂覆洞口的藤蔓裡，讓陰暗潮腐
佔領每一個角落……）

好不容易我磨利了
求生意志的鈍鋒
逐一斬剁強韌的頑藤；開始謹慎的
圍籬防獸，但快樂地
與馴良動物為友
且讓美化環境的花草
展現希望成長的速度
逐步和周遭
建立諧和美麗的秩序

III

每天我努力學習如何

不憑藉浮木，以日漸熟練的泳姿

潛入閱讀

內容充實的海洋，記下重點

作為日後航行的指南

視野隨深度開闊，而水壓

水壓也愈重了

在一頁頁暗流及奇景之間

許多失望啊與欣喜

悄悄匿藏。

而生存空間裡

深山草澤，斷崖急流

是天然設計而成的

迷宮一座。不時我揹了

尋找方向的弓箭以及

韌度與毅力相仿的繩索

彳亍自歧路歸來

緊握以傷口換回的收穫……。

IV

當夕陽帶著世界

一齊回家，洞內蜘蛛有時會替我

織起思念的網；回憶便來

聊起渺茫的瑣事了，並叫寂寞陪我

臨睡前，也不免念及

尚未尋著日來頻現夢中的竹子

莖節分明，總勤奮地

為天地寫長詩的

常青綠筆──只好

時時在石壁上，拙劣但用心地

刻短短幾行忠於自己的荒島日記

V

孤伶伶位於

轉捩經緯的島。每次臨崖看天

──相對於一切易朽表象

　　永遠深沈不變如時間

不禁再次拿出

弧曲起伏無法預先標明

風暴暗礁埋伏位置的

人生航線圖

就著淒冷月光，嘗試繪測

切線方向。

歷險於再衝刺的原點的

訓練基地，我始終

像沙灘高高瞭望的椰實

夢想著獨力泅向另一座遼闊的海岸

因此，日落月升，潮來潮往

我不再眺望船影

始終沒有，沒有發出

　求救訊號

原刊《大馬青年》第七期，1989年

守城手記

I

廣漠的，窮山惡水
迷幻善變的環伺
被日夜戍守的
一點簡單的真實
——藍圖依稀源自
　　所有設計的最初

II

點燃
原始鏖戰的奸細
防不勝防，頻頻
狡詭刺探
圍困如蠎，突襲反覆
緊纏

III

弓絃張合，似乎
水月的虧盈
箭矢力盡
於寸土的經緯
槍戟朽蝕，眨眼
眨眼成了汙泥

IV

「向外敞開，」
清風持續隱喻
沉重固守的
「讓敵方猶豫於
一座
誘敵的空城……」

V

遠遠的，契合天地

雷霆閃電爆擊

長久盤據眼前的

雲鬱

無限倏然開啟又

迅速合緊——。

原刊《星洲日報》「文藝春秋」，1990年8月17日

彷彿，一群字體
在遺書裡活著

鐮刀，是不解歡愁的

恆是這樣子，冷冷
如殘缺的彎月
鐮刀冷冷君臨大地
當陽光，黯然退卻
當稻子企圖垂挽
金黃的秋天
一齊回憶
那還剛是滾鬧的波濤湧綠

而銳痛
必須忍住，而鐮刀
是不解歡愁的

恆是這樣子，寒風的
黃昏後，雲雀便快樂飛走
讓四野茫茫，讓晚霞
眷戀，讓稻草人獨自
去惆悵。而轉眼
轉眼又將起伏著一海新綠

而銳痛
必須忍住，而鐮刀
是不解歡愁的

原刊大馬《星洲日報》「文藝春秋」，1990年8月24日

彷彿，一群字體
在遺書裡活著

海盜船

曾經屠過蛟龍，求生荒島

掠奪奇瑰的海域

而今擱淺，朽蝕

……我們的海盜船

我黯然撫摸殘骸，確實一艘

追尋星光的載夢體，只是

永遠的潮浪

當年失蹤的珍寶以及

冒險的航海事蹟

據說埋藏在，一顆

純真的淚墜落的方向。這在我

是怒放美麗的浪花

只有細利如刃，出沒於

回憶驚濤的航線——痛楚的

真實，千絲萬縷，反覆

纏緊登岸後

沉滯的步履

原刊大馬《星洲日報》「文藝春秋」，1990年10月13日

情人的火柴

——「我們只要光
和溫暖，別讓一張床失火了。」

為了避免所謂的灼傷和火患
最後，我總是同意
情人點燃取暖的爐火
安份的，在我眼裡燃燒
撲紅情人的臉龐

情人的火柴，據說曾在黑暗的歷史
發亮，並嚇退了死亡
但平凡人如我，最關切的是
什麼時候情人會在我面前
收起他珍貴的火光

伸手撩撥著火焰（這是我
仍不時要犯的惡習），我依然善於
把自己的火柴緊藏，再時時
點算——它們日益減少，而情人的
取之不盡

「不知道啊，我從沒數過……」
情人不經心的回答，隨手嚓地
把我眸中頑固盤據的陰暗
在一根蠟燭上點亮，溫柔的……
暈紅了情人最美的臉蛋

原刊大馬《星洲日報》「文藝春秋」，1990年12月22日

鋤頭

（日出而作，日入而息
千萬柄鋤頭狠狠的奮力
朝生命的源頭苦苦挖掘
那是，鋤頭最初與最後的形象。）

人海茫茫，我遺失了
我的鋤頭，跟隨擁擠的人群
孤單的在內心一座
架設空中，坎坷曲折的城市生活
沒有泥土只能
以空洞的回音維生
因為持續有了以淚灌溉的衝動
我遙遠的憶起傳說中
土地、日月、星辰、雨露
和一柄鋤頭模糊的關係

（鑿井而飲，耕田而食
千萬柄鋤頭狠狠的奮力
讓生命繁衍，讓一切枯萎的
重歸廣厚的大地——）

我朝虛空努力模仿
失傳的起落動作，妄想銜接
古老的頻率，但我
我遺失了我的鋤頭，遠離
一望無際的土壤。在半空
我流著和先民一樣的汗
和淚，那是因為
飄浮的創痛不斷猛烈抽擊我

原刊大馬《星洲日報》「文藝春秋」：「開年詩展」，1991年1月15日

童年草坡——兼寄愛清

那是失蹤已久的
通往童年草坡的秘徑。我們
在星光凝睇間
把它尋獲……。
多婉轉的
上坡路啊每一個轉角
曲折傾訴
生命裡美麗的
飛鳥，煙雲，小瀑。那年
那年是細雨濛濛地
陪我們初次踏上了草坡
讓清楚的近景
是靜靜一彎小橋
一帶溪水依依
流過……。

當鐘聲喚醒
冬天，學校的清晨
一朵雲開始隨我
去上課，去郵局。在緊貼

不願稍離的郵票下，是誰

常常像芒花寄給了風──橋邊含苞

而未吐的水薑花？我牽縈著，並

一直夢見雨季

不久要在你的家居登陸

像急切的叮嚀落在

崎嶇的上學途中一朵

孤單的花傘像

寫不完的試題長卷，考場

考場外的黃花樹在大雨中顯得

有點零落……。

　　在童年草坡

　　我真的，真的遇見

　　卸下重軛的

　　一群牛，躺臥草地反芻

　　我們的小時候

風箏努力

把春天拉回操場的時候

水薑花全開了
來自遠方的風細細
在橋上梳著隨想念柔長的髮
宛若芒花，風大彷彿
可以飄得很遠……很遠。「但
總讓打結的溪灣束成
俏皮的馬尾……。」風箏
越飛越高了，白雲中瞭望
青空的廣遠；最後疲憊地
降落在燈火亮起的黃昏
歸途中我拾獲
被丟棄的線軸

晨霧散後清晰的
村舍，果樹遍植
緊守著夢和
溫暖，因甜美纍纍而
垂下負重的濃蔭

彷彿，一群字體
在遺書裡活著

在風雨的簷角，網破了

我留心著蜘蛛辛勤地

繼續編織記憶中我們

從未讀完的那部長篇──小說後來

後來怎樣了呢，在市鎮

你依舊騎著單車

隨心穿越擁擠的慾望和髒亂

習慣獨自拐到

高陡而彎多，那條坡徑

固執的在橋上，只看

滿坡芒花隨流逝的溪水飛得

好遠好遠……多麼希望

一直躲在你的視線外啊一塊水岩

在遠處它不斷奮力如何

要停住整條溪的湍流。我願

我願堅持如你，不會迷失
永遠的秘徑
在波濤起伏的草坡，你看
那是磐石，煙囪，雨後的
虹橋（不是
例必經過的暴風雨）。
每晚探訪的月光
像隔壁的鄰居，星星則常
帶領孩子們闖蕩故事裡的夢境。
這是可能的
在童年草坡，我們在星光下佇立
凝睇……。我願

我願堅持如你

原刊大馬《星洲日報》「文藝春秋」，1991年6月8日

工具箱

裝滿各式各樣的工具，我的工具箱
每一件
對我而言——當我徹底熟悉其用途
再探入它們的最深層——彷彿
自有存在的意義
譬如下列數種

◇

繩子（似乎和蛇族有點淵源）

永遠向四方蠕動，一條不安的
繩子
和其他千萬條牽扯，糾纏
成了一張網的一部分
在鬆與緊不斷重複裡
完成惟一
且最後的腐爛；但這
往往成了細節
焦點是韌度張力
和一個個結攫緊的

重量

據說捆綁時，一條繩子
總是身不由主先扭曲
先綁住了自己
但這往往成了
細節，焦點是
解開一條繩子，釋放了

　　整個世界

　　斧：〔朽蝕時，它回歸到最完整的自己〕
被捶鑄後，一把斧
從此離開了土地，狠狠地
讓不停歇的伐木聲穿越歷史
在每個心靈響起

緊緊握於不停起落的一雙手，是誰
一直掙扎著抗拒不要
不要聽不見斧聲，以及

彷彿，一群字體
在遺書裡活著

啊，遺忘一把，沈重的斧

微弱的逼問，每天
在每一棵樹倒下的巨響裡
淹沒……

　　梯子：〔一節一節自有風骨〕
梯子是極端自我的
撐開擁擠髒亂的地球
永遠向牆外　　向星空
張望

無論何時何地
我擁有自己的梯子
棄置著　　或僅偶爾攀登
在電梯我忙著
把世界藏進密封的箱子
或不時跟隨沒有方向感的後臀
扭動超載的樓梯　　拼命
蛇曲往上

「不管何時何地

　我是可以讓你

　永久停留的。」這是

難以領悟或實現的

梯子倔強的沈默

　　　釘子：〔營建，是它唯一能做的事〕

是釘子狠狠

構建我的靈魂吧，我想

當我每次聽見魂魄們

苦楚而無聲的

嗥喊

也許，正因為如此

當我經過

一個牢固的靈魂崩塌的

廢墟

仍不時被朽蝕中兀自尖尖

向上的寒芒刺中而

內心痛極的喊出，啊———

一個廢墟，驕傲的
不能被忽略的存在……

◇

其他挖洞容身的鏟鍬，防禦的……
箱子裝了
維修與營造靈魂、骨骼
現在和未來的
一切工具
它們的存在確實，自有其意義
箱子巨大，涵蓋我
足印所及的時空，並寬大的
容許我走完一生
在箱子裡……。

第一屆「花蹤文學獎」新詩首獎（《星洲日報》主辦），1991年4月
原刊大馬《星洲日報》「文藝春秋」，1991年5月23日
《聯合報》副刊「馬華文學作品選之2」，1991年7月18日

扁擔

殘月冷冷。路
路永遠嶇崎穿越
山嶺；絕早
一根扁擔在
所有不同的肩膀上

彷彿一切滿載於擔子
不穩地隨路
轉折，起伏……
一根扁擔
沉重但向前婉拒
雪留下淺淡
終要掩埋的足印；只是不斷
馱負月色幢幢投下的
陰鬱，讓山空出孤零零的一條
路

黑暗如石磨
緩滯轉磨出期待中
每一個白濛的破曉

扁擔趕來早雲
忙碌清點地面交流的
哀歡，陽光不分
輕重地落在
不同的秤上

市集散了，一根扁擔單獨
挑回所有收穫和
空無──一種稱不出，難以
　　　言喻的重呵
擱下之前，荒草連綿
緊跟著路來了
隨時湮沒一切
踟躕張望的
在夕陽的歸途
一根扁擔依舊
向前追趕剩下的一生
且斜擱暗隅時，默默
支撐全世界的屋宇

把曩昔顛簸

挑到眼前，一根扁擔在

所有負重的肩膀上

孤零零的，路

路不停穿越山嶺，殘月

冷冷，沿途延伸

實幻交織，無盡的陰影……。

原刊大馬《星洲日報》「文藝春秋」：「旅台大馬詩展」，1992年1月18日

台灣《中央日報》副刊，1992年5月25日

彷彿，一群字體
在遺書裡活著

鞋子

越山，渡水
鞋子一直
理所當然的背負
讓它日益磨損的
肉慾的體重。也許

也許在脫下重量時
空著；才知道
舟自在浮游於
地球臉頰上
或喜或悲
縱橫的淚水……。

原刊台灣《中央日報》副刊，1992年5月25日

生活中，一座灶的位置

軀體厚重，正好

盛載遠古豐碩的簡樸

黑暗密封

它引領光明破曉。始終是

一座灶，沉甸甸在

她血液輻輳的位置

火焰竭力吞吐而陰影疊積如

困促的柴堆──一束束

不會哀叫，待燒的歲月

斧聲砍集自廣綠的效野；重量

重量瞬為炊煙飛起

若斷若續的一縷

茫茫吊著一家幾口，飄浮

在古今不變的天空

生活中，一座灶的位置

軀體厚重，正好

盛載遠古豐碩的簡樸

黑暗密封

它引領光明破曉。始終是

一座灶，沉甸甸在

她血液輻輳的位置

火焰竭力吞吐而陰影疊積如

困促的柴堆──一束束

不會哀叫，待燒的歲月

斧聲砍集自廣綠的效野；重量

重量瞬為炊煙飛起

若斷若續的一縷

茫茫吊著一家幾口，飄浮

在古今不變的天空

髒、暗、僻處如

被久棄的祀典，但一直

企圖鎮住不安大地的巨印

始終沉壓

在她心臟的位置

她以無私的血液餵養它延續它

那洞然的

坑，幽深，如頭顱的窟穴

當最苦、最哀絕的

淚，大量傾注

灶

火勢熾旺，熊熊漲滿

它繁富的空無，炊煙輕快地

不斷濃縮她的所有

迢迢接上明日的青空。

始終是

一座灶聳立不移

我親撫它希望的熱

與絕望的冷

而因此不可抑制的

哀涼湧出……滴落──

在我和她

生命的位置

原刊大馬《星洲日報》「文藝春秋」，1994年9月20日

《大馬青年》第10期（台北：大馬旅台同學總會），1995年1月

彷彿，一群字體
在遺書裡活著

彷彿，一群字體在遺書裡活著

I

像死亡照例
只在遺書裡停頓一瞬，火速地
輕幻的煙難以自圓其說的
火速散逸了。記憶鏡頭
竭力伸縮，捕捉不定
曾長久重重裝載一個人生的實體
而歲月的巨錘情感的
尖釘血淚的利繩等等無數
無情的錘擊銳刺緊勒又如此
艱辛真切的，修葺重建了
殘舊漫漶的曩昔
一整個龐雜的場景，沉壓如錐
適於密集盛演
紛亂痛楚的劇情

II

循一紙遺書
努力保持安詳地

抽剝深蘊的玄機。——唯無法
阻止語意情思強烈突破文字
平板擁擠的重圍，在心裡
頡頏起伏隱約立體的地理：
愉悅的危巔連延悲鬱的
黝谷旋釀不息疑惘的渦流觸啟
地殼最深潛蟄的牴牾悠悠散入
一片曖昧渺濛……
閃爍，然可感的碰擊委折回蕩
恍若潦草鋒銳
某些字體彼此劍戟錚鳴，森冷躁厲
展露金屬的特性：體積小而
極之墜重，耐腐蝕，適於觀察
一剎的火星和聲音，迸發
與消失的速度。即以皮囊
層層厚韌，它們據說是
寒芒冷冷，隨時破袋而出
如此，不甘於藏伏。

III

「如何

依一封遺書，詳繪無誤

一幅地勢分布圖？無須理會

日月鍵結迥異的心靈不同的

解讀；不管它們一再變化轉移

高低大小景色位置如

組合後文字意涵擴大引申

相互滲透乃至吊詭顛覆？」

一群不牢靠的指標壓彎脊骨卻像定不住

紙張外往無限膨大的時空又

輾轉疑似一縷空設的虛線

讓實質的生死隨魚族洄游，候鳥

遷徙，千里連綴

IV

死亡只在遺書裡

一閃即逝，而眾多跫音無從

於縈紆漫衍的文字裡止息

回寰冥索，對峙、奮進；過多的

往日場景情節漸漸

崩解散佚，迷茫成晦澀的

殘餘，若有若無……。有人開始

出入與巨夢角力，時醒時睡

而因此發現一封遺書和歷史

並行，彷彿虛實吐納

整個世界的空氣，如此綿延充沛的

賦予了一億世紀的生命力以及

勇氣，去收割不斷生長的

智慧和美，幸福與

斑斑的血淚……。

第三屆「台大文學獎」新詩次獎，1994年5月
原刊大馬《星洲日報》「文藝春秋」，1994年11月23日
《大馬青年》第10期（台北：大馬旅台同學總會），1995年1月

彷彿，一群字體
在遺書裡活著

瘦詩

像是尋回被多餘的現實蒙蔽而
早被遺忘的最親切底自己，皮膚
如此緊貼的真實，親近
簡單的一副內臟，骨骼和不因瘦
而減少太多的大量奔流的血液。
因為緊裹而令存在
加倍輪廓分明；維持日常生活的
慾望與情緒也比以往靠近
它們反覆浮起，幻滅，隱隱有了
可尋的途徑；生存似乎更適宜
對一具扁平的身軀施壓
使它瘦嶙如孤峰危立
因此突顯了曩昔冗贅雜質的
附麗。沒有脂肪多餘的阻隔
懸掛鼻端的一息如風箱，逐漸
加強冶煉靈魂的清明。像是
找到走失已久的自己，皮膚如此
真切貼著隱藏的燐火與乎堅實的
虛無，薄薄一層肌肉依附
骨架，骨架依附慾望纍纍，而瘦

瘦依附可淨化的燐火和黏濕的
慾望無盡的爭持，因為激烈
長久的對峙，使瘦向虛空無有
步步爭回一牢固的人形：
結體明銳，單純，永久
難以被任何力量屈服變易。
且因此接近
今昔如一的苦難；生命大流
在根根暴突的靜脈
錯綜爭竄，一滴淚
是的一滴淚，是它們最終的
歸宿，由瘦瘦
一座峽谷引導，涵容
成了湖——悲憫的
眾人的淚水——。像是
一首詩被擺在
廣闊深邃且多變的時空裡而
無法不顯得孤瘦，無依，就近的
審視自己，如何自足地
被古今短暫的鼻息輾轉

傳遞而存活下去……。

因為瘦，我重新

從一首詩學起──。

原刊大馬《蕉風》第499期，2008年3月

草坪傳奇

總是自成一格的
躺臥。春夏秋冬，雲
盈實的雲肆意
在它懷裡飄浮，幻化。
草坪的綠意坦蕩
唯一的秘密像
濃蔭裹藏著細碎
渺不可聞的鳥鳴，僅僅
微響於春天的心靈

一傘傘翠綠，亭亭
縱橫圍繞；草坪乃自成一格
在那兒臥憩
——不擁有，不捨棄
遂不免因此擠滿了
假日的笑語……。往往
就懷抱那些載懲的體重
隨紙鳶輕輕
飛到天際，和孩童一起
觀看時間的雲

草坪與人連結一氣──但
限於天性，被各種不同的甚麼
擠滿，終又空了，它不得不
時時虛曠，一如沙漠
在地圖的邊陲靜伏
蕩闊，而易於讓人認出
乃自成一格；行所無事。
只偶爾觀賞了
風雷雨電，那場巨大永恆的悲劇
才愴然
承載天地的痛哭流涕
那時它虛無的容量最大
胸懷豐富著波濤洶湧的
雲……。

其餘時刻任陽光、陰影
錯疊追逐，無休止地
直至溶入一顆露珠
在草尖凝然，滾圓。唯一
唯一的秘密剎那

被一針星光戳破──通常那是

黑夜深邃，陰森如

死亡降臨的時候

翌晨，草坪若無其事一如

以往，看圍觀的樹們

凝神學著

緩緩那老者，像地球

自轉也似，綿綿推引

天濛未亮之際

一混沌的──太極。

第十四屆「金筆獎」（中央大學中文系主辦）新詩佳作，1995年

沙漠之歌

意念

那些明瞭所謂腐爛的

總偶爾記起⋯⋯沙漠，它令人

畏懼的積木性格和

絕望的遼闊，埋藏

多少巨夢的種子；為了

為了冗雜的意念常給它侷促的

一個心靈的小小角落；變化，流動

不驚起任何人只負責

把瑣細孳衍的，如足印般不斷

一　　一　　吞　　沒

心跳

（所以海市蜃樓是

沙漠一部分真實⋯⋯。）

在浩瀚中遺失了心跳，有人

因而發現某失蹤駝隊仍馱著

原來的重量。他們旅途上的空茫依舊

由一串逸散的鈴聲
引導，和自己的一樣；一切

像某年後有人
遙見當年那顆遺失的心臟
因矛盾恐懼，迷亂狂喜
或僅因活著而
怦然跳動──如此真實
龐然脹縮的欲望，頑強的
生存在駝鈴不斷引導光陰經過的
海市蜃樓上──。

沙曲

旅人的世界茫茫晃蕩在
沙，繁雜曲迴的線譜裡
「為了從紛擾的樂章理出
你活著的主題，他們的死絡繹於途……。」
腦海中撲騰而起的混暗
是前方令路線淆亂，危險的
第一億次沙暴；不死心地
想持續如此

說服沙漠：「正如死亡有時証明

它是絕望者的生路

當他找到可為指標的

一堆骸骨……。」

月歌

因為慣於艱苦，和欲望的荒蕪

出沒莽莽黃沙的路像堅韌的

族群，亙古遷徙而沒有絕滅

讓骷髏依循而

尋獲肉體，瓦礫由此

回到巍偉……惟歌聲隱藏之地

往往被路之所以為路的習慣捆縛

一貫的方向風沙惶惑痛苦等等而

難以抵達。耐心地，它等候於

沙漠時空內外，任歌曲只由月光

盈滿無聲的傳唱，古老，單純

永不中斷且極少

被人驚擾

巨淚

喜歡，一直那麼橫躺著
連接我日常的夢土，沙漠……。
於是令人無法不
隨身攜帶且不得不
隨時在現實生活裡，抬頭
便見海洋般巨碩一顆，淚
懸凝
想墜落善於拒雨的沙漠……。

原刊大馬《星洲日報》「文藝春秋」，1995年9月10日

彷彿，一群字體
在遺書裡活著

城市考古（原作1996，修訂1999）

公元三千年秋天，沙漠黃昏
第一百零一座人類記憶的封藏，出土。

當密封的時間一一釋放，我又從中凝望
城市在古代的夜色發光，星辰定著
它的經緯；恰似我初次自妳的眸光
找到我們在宇宙版圖上的位置，令人
難忘……那建立在
妳甜美笑聲上的城市：陽光總是
一首音樂也似，隨河水流至
每個心靈深藏的陰暗
「我們的城市好像……仙人掌」，酒窩
蕩漾：「在起伏的沙曲中綻放。」是的
沒人察覺它和綠草一起偷偷
生長，為了負載更多肉體的重量

而今獨自瞭望每座城市興亡的
煙雲，感覺彷彿
空中開謝的花海……。

後來我們把諾言刻在巨大的流沙上

好讓它沉壓到地球最熱的心臟，火山結果

爆發，心緒騰沸奔流湧竄，繞過

死亡，人們流言般星散一如

面對古來各種災難的習慣。無法察覺

——岩漿緊擁，完成時光最初的陶甕。此後

此後我立志考古；掏掘每一個

人類盛滿的巨夢，發現

永恆在心靈的暗宇不得不——發光

只為慾望的深海，魚類永遠透著

生命的幽芒。因此，我不變老

活著，努力恢復古城原貌；偶抬頭

是樂音隱約如龍蛇，反覆出沒古今的穹蒼

《中國時報》與蘭蔻化妝品合辦「詩情愛意：poême情詩徵文比賽」佳作，1996年
《中國時報》「人間副刊」，1996年7月14日
《星洲日報》「文藝春秋」，1996年9月15日

彷彿，一群字體
在遺書裡活著

圓光寺的兩棵樹

寺前雞蛋花樹

一瓶天然香水在空寂的午後
獨自播放
常被遺忘的

某一則廣告

池畔蘇鐵

冬日棄置暗角的噴漆罐。

春天初至，悄悄
像偷偷塗鴉的大膽少年
由牆邊匍匐攀起噴畫
彩燦燦地好一尾
游動的春水，潑剌──！

原刊《蕉風》第499期，2008年3月

彷彿，一群字體
在遺書裡活著

76

卷三　雷

溜滑梯——秋日送別

你沿萬里的藍一路滑下去，就到家了
只驚起南中國海上的晴雲
漫漫翔飛，如候鳥流離

咕咚你落地，投入熱帶島嶼
夏天，原鄉滿懷的森林綠
只驚醒青鳳蝶雙雙，翩翩然
於地平線上參天的雨樹

那兒相思欲雨，藏著交響詩一樣的電
與雷

原刊大馬《星洲日報》「文藝春秋」，2015年5月18日

彷彿，一群字體
在遺書裡活著

鳳凰流域——讀沈從文〈月下〉

——你的靈魂如美麗的雷電

而笑容沁放清香的蓮，宛然
那一朵絕壁上的夢
孤伶伶地盛開
（所以，虹彩或許是你月下幽貞的淚）
當我騎乘鳳凰，漫漫回翔
於愛情流域的洪荒
哦吾愛，你是我千載一遇
驚鴻玉電的詩，天啟的
極光：星辰萬蝶浮舞
　　　彩虹洄流海洋

附記：原作有「我是這樣怕與你靈魂接觸，因為你太美
　　　麗了的緣故」。「這笑裏有清香……有種比清香
　　　還能沁人心脾的東西」。「淚珠不是正同這露珠
　　　一樣美麗，在涼月下會起虹彩嗎？」

原刊大馬《星洲日報》「文藝春秋」，2015年5月18日

七夕有雨——關於剎那

風鳴顫絲弦，雨
餘韻繾綣，浮灑有情網
烏雲宛然魔術師包藏驚喜的
天鵝絨：幽黑神祕，鱗鱗有光

所以，傳說便是珍奇的
夢幻一方，以火熱的吻封印
閃耀如禮物，隱逝若流星
當下，屬於你

打開它，打開吧
看噢，那即是過去和未來
彩蝶的時光，金色的飛翔
愛在露華驚波的虛無
棲停——請你

請你如三生石一般的冥想

原刊大馬《星洲日報》「文藝春秋」，2015年5月18日

彷彿，一群字體
在遺書裡活著

雨歌

每夜，讓我火熱的吻興建

妳暖亮

而未完成的夢域

剩下的餘溫用來烘焙

那些行星麵包，妳最歡喜的

宇宙破殼的蛋黃，挑染

日子的塵埃

雨林飛來啄木鳥，藏匿時光的樹築巢

篤篤篤——剔除永恆的蟲蠹

自此，我倆隱約察感

生活辭典的每一個字

零碎地玎璫脆響，如暴雨後

東丁的簷滴，尚未採集

金聲玉振的秘密

偶然月色澄心，坐進雨樹

百尺的巨傘聆聽

——金陽飛雪，流風噴灑

哦居然……居然是未來於冠頂

調音，奏鳴

偷偷為日常的波濤銘刻：

幸福的鼓樂，不滅的深情

原刊大馬《星洲日報》「文藝春秋」，2015年5月18日

離別島

潮退了，帆槳便擱著，安頓

域外的島嶼；零碎收聽

鴿子們的消息

海上偶而噴泉，那是抹香鯨

遠游回來的煙火

這樣……讓非洲龍血樹開著金花

獨立荒漠撐傘，等雨

海的潮汐如期送來四季

星月如常臨近

灌溉我鬢角的光陰

——離別那一天，我記得陽光以蕨類

　　攀附窗櫺張望

如好奇的孩子，照亮

世界盡頭的眼睛

原刊大馬《星洲日報》「文藝春秋」，2016年1月10日

雷

我的雙腳踏上道路，漣漪影響全宇宙
——薩姜·米龐仁波切〈自由〉

雷從空中經過，時間的鐘
響了，暴雨還沒來。我記得
椰子樹已和熱帶的颶風激舞
而你，在灶前一心吹旺，小小一叢暗火
海洋從巖岸移動，烏雲將世界燒黑
湊泊而至的氣象，仿似把你的生平
演繹了一遍。你笑著，說：憂愁
更像我生命的作者；而我
只能專注盯住，船舶在惡浪沉沒

雷在天上，打通險峰也似，貫裂雲山
鬱鬱忡忡；像虛無的時間
被鑿刻在花崗岩上，那麼的艱難
火花，是僅有的收獲
我感覺，永恆似在左近，就在一念
當中降生。於是隱約瞧見：
曾經你在塵世，如斯困頓地，活著

八方風雨

即將要來了——我曉得

衣服晾乾已經摺好，但一朵朵蒸發

血汗的雲，漂泊到那座夢土呢

荒涼的年歲，饑餓在

塵沙路上腳踏車的破輪循環

跨渡空無，那孤雋的雷恰似

幽蘭，清芬郁郁，探自懸崖

你手織的圖案乃滲出血絲，而不忘

回眸笑叱：撿起來，那些地上的飯粒！

——失落的孩子，一點星光來照便嚐得

　　生活的殘香

當我在夏日，另一座島上

聆聽蟬鳴的雨季

歲月淬礪我，時空蛇蛻我，所以——火花

怎樣堅潤如金石；喧嘶

何以是果敢的湧浪；大流量共鳴

想像為漫天飛雪，給世界一張

明淨的臉……這些，蟬唱從來不知道

啊我童年熱望的
顛風狂雨快來了！那一刹，清剛玉堅的
雷卻乍地，杳然絕響
我淚眼尋究──乃遙見千萬億滴
雨，從六合奔降。於是我朗然：
你恆在左近。每當靈魂遭遇
瀑流而至的苦雨……因為往昔
誰人預見，你將似空洞的雷

　　從此震爍，漣漪
　　我未來的宇宙

《季風帶》第八期，2018年6月

春色

I

被松針修剪的陽光，遺落青草地
星星點點，宛似小說掀開，一片迷魅雪白的文字
當她步入庭院——他記得——風即興演奏
一朵朵桃樹枝上，怒放的爵士
於是湖泊深情的眼睛，漣漪
停佇春日的，那一闋詩行

從歷史的窗櫺延望，她的影子
儼然一道經文，淌注
凝立於綠草尖上的光

II

深冬。夜色深深含苞
獨坐櫻花樹下，和尚煮茶
沁放卷心密釀的香露
一任火炭慢活活，煎熬
零星丁點
來日大難的光

《季風帶》第九期，2018年9月

彷彿，一群字體
在遺書裡活著

古道

天空，鷹高高盤旋，專注尋找自己的投影
我們的腳步剛慢下來，古道似乎
又將縮回歷史的風雨裡了
聽你說曩昔挑茶，溯水路至大稻埕
陽光這才濾出碧綠，懸浮於山巒的明淨

大家準備涉過溪流。它像病患吞食
過量藥丸，不聲不響。你說：
從前——那條黑水溝啊……咦，怎麼
冒起許多洄旋，如一面面圖騰
連野桐、火炭母等草木，全顯影精緻的身世

到了，竹柏下是森森磊磊的石頭公
前方便是隘勇的死亡線。我眺望
秋日的陽光將寧靜注滿，而芒花宛似
滿山戴孝。我學著你說：
「客家」，卻像痰「咳」不出口
你以滿臉的皺紋笑問：「你——祖籍那裡？」

「啊，那是什麼？」我遙見更遠、更危墜的
地理，山體崩裂，河床散落碎石
感覺殘破的祖籍奄奄躺臥，即將
被沖至下游。你的回答，澄淨如湖：
「那是我的終點，你的——起點。」
遂決然走進森森竹柏，庇廕祖靈之寂寞

噢，起風了，地平線上
一朵朵晚雲如落葉，準備
從夕陽提煉，錦燦的秋色

《季風帶》第十一期，2019年4月

雪火——桐花印象，2005

五月的花雪星聚如煙火，燃放
年少的夏煥然明亮
村莊有陽光指揮，鳥鳴如樂
曲線的山是深情的合唱
英英雪花燒落，陶杯盛滿了
空山的幽靜，茶香
如逸詩，於蜂翅吟響；陰晦的
在昨日，艷麗是眼前的蝶

　　款款，讓愛情飛

《季風帶》第十一期，2019年4月

薔薇——梅雨有感

梅雨叮咚叮咚，如深鎖
不應的門鈴
五月，城市坐困野蔓的愁雲……。

唯戀人的青鳥徑往九天
奮飛，一口叼住流星的訊息：
……那些狼藉疊擠的憂憤之上，愛
依然如常，種在彩虹的土壤，在無限當中
生長

——萬狀雲海如薔薇盛放，而光
　　光是永恆的園丁

《聯合報》副刊「小詩房」，2014年7月29日

彷彿，一群字體
在遺書裡活著

卷四　這一盤詩的散沙

早春

從陰鬱的，往事的牆頭探出來

明媚的櫻

冷紅的晨露鏘然，滴落

那些驚雷的音符

——鳥鳴嚶嚶交響

春

原刊陳秒孜編《夢。開始。一輩子──526文學營選集》

（吉打：吉玻校長職工會發行，2014年）

彷彿，一群字體

在遺書裡活著

情人節，2012

在戀人的心靈，種下那一棵
繁花的巧克力樹
開滿
愛情迷魅的香

清蔭環擁深深，我們款款讀詩
啪！隨手咬一口
脆甜的歲月……。

原刊陳矜孜編《夢。開始。一輩子——526文學營選集》
（吉打：吉玻校長職工會發行，2014年）

笑

星辰如雪凝鑄，你的明眸
時光，愛在你的微笑棲息

所以你笑，便提煉了生活最凡俗的陽光
明彩幻耀如琉璃；如沙漠一塊
極地的冰

輕輕投進那些熱惱的心靈
——啊冰雪的沁寒，潤甜的
　　蜜……。

原刊陳矜孜編《夢。開始。一輩子──526文學營選集》
（吉打：吉玻校長職工會發行，2014年）

這一盤詩的散沙——我的少年文風印象

1壁報

午後的朱槿在牆上鏤刻，相思的剪影
陽光灌溉壁報那片詩意的森林，有霧，淡淡憂鬱
而我的十七歲是一棵雨林小樹，熠熠生長……。

2日新校友會

校友會有些寥曠，照不透的陰晦，凋落如花
讀詩的人影顯得好小，書櫃孤獨鎖住一座島
它的名字叫台灣
偶爾請來的作家，目光鏗鏘，讓空虛成為音樂的共鳴箱

3文友們

陋室，光貼心記錄漫漶的文化現象
會議以煙的速度進行，有人分神，構思一尾龍的象形
而赤道在岔路口，正醞釀一場日常的，蕉風椰雨

4菊凡的家

窗外是停機坪，門前是絲路的起點
他經常在沙漠轟隆隆奔馳越過塵暴、殘骸，和流星
趕去指揮一枚孤單的夢想，渺渺，降落——。

5創社學長

他們和海洋捉迷藏，在我們語言的島上流浪
是論詩漂游的候鳥，創作蕩來的月光
偶然聽到雷的回聲，才遙遙覰見，他們浪漫的帆

6升旗山文學營

雲從八方湧繞，獵獵升起，天錦簇的旗
來！來焚燒雨聲取暖，編排風去演戲，敲迸石頭歌吟
動地的煙火
——珍重今宵的露，卻經常遺忘，收埋自由詩的灰燼

7詩

泛覽詩集，漫游字體的海域

沙灘上並沒有名姓，沒有足跡

只有文學的潮汐，寂寞淘洗，生命的鹽粒

《光華日報》「文藝光華」：「文風再起—大山腳文風社回顧特輯」，
2012年8月6日

早餐

光塗亮了地平線，滿滿地
所以今日，如斯可口

彷彿，一群字體
在遺書裡活著

陰影

午後，它們環繞那棵菩提樹

等待被冥想——冶煉為光

母逝，1993

這孤獨的世界
是她唯一留給我的遺物

彷彿，一群字體
在遺書裡活著

曝光

記得嗎？那一次被日照曝光過度的旅途
重游，沿路顯影的殘像
還似太平洋白浪花，寂寞開滿
黑寒的危崖

茶月會

秋窗外一地野生的蟬鳴

而手上，風霜磨亮

你我茶中的明月

《聯合報》副刊「小詩房」，2015年4月17日

彷彿，一群字體
在遺書裡活著

大選後

窗外，草地上浮灑冬天13°C的陽光

而星期五的雨聲，還沒有到來

現實

這顆黑白渾球，總讓人們迷戀腳底的嬉戲廝混
滿身泥汙，乃至於遺忘
智慧遙遙坐鎮──彼端的球門

歷史

霧霾，橫掠天空的虹被雨淋髒了
等待資源回收。路過者懶得記起
人間的虹，本皆來自久遠的一場

暴雨初晴

《聯合報》副刊「小詩房」，2016年2月4日

108
彷彿，一群字體
在遺書裡活著

附錄一　古詩

夙志

經史文章醒故紙，西哲義理鑄新魂

雕鑿輝光於一瞬，縱覽長河入龍門

（古絕，上平13元）

彷彿，一群字體
在遺書裡活著

中大新村75號

日影松濤搖流光，辛夷院落幾度秋
曾經掃瞄消寒暑，森羅書牆識電遊
訇咚擊瓦破憤悱，恰似學海飛沙鷗
桃李春風卅五載，青衿立雪不遠求
鶴歸故里尋新夢，嶺上幽居白雲浮
（七古，下平11尤）

　　老師宿舍近處，囊昔有一水上高爾夫球場，綠水浮萍，清麗可愛。寒暑假他回香港，有時獨自在內，將交代的書籍掃描進電腦。朝暮晴陰，不時有人將球打到屋頂上，砰然炸裂靜寂，如驚雷。

　　老師專擅電腦，八零年代來中大，嘗教學生寫程式，對C語言等等極嫻熟，可以洋洋揮灑四千多行。閒時也愛打打電玩，我不諳這類遊戲，第一次打便在老師住處；第一次玩Wii也是，那已是幾年前除夕夜的舊事了。

憶文學院聽課

榕樹參天巢晴日，光影綺散蹈麒麟
詼諧卮言妙雕龍，盡意老莊易梁津
因明兩漢滌舊貌，乃見分析孔孟新
今向南飛逍遙去，唯留萬葉布玄真
（七古，上平11真）

　　老師在碩博班開的課有經學、文心雕龍、魏晉玄學、兩漢思想、佛教因明學等等。平日講學常以西洋哲學、語言分析具論儒典、老莊易（三玄）、大小乘內籍。融冶中西，義理萃而雅俗兼；開拓玄奧，言有盡而意無窮。誠然無厚入有間，恢恢乎游刃有餘。善以卮言日出無窮，擴充似撒因陀羅網；又以妙語圓合排比，收攏凝成摩尼寶珠——恆沐學生以悅樂酣暢，皆大歡喜。

　　中大文學院裡，有巨榕凌雲，森聳吐翠，滿覆中庭，巢日棲月，總以變幻的樹影，以飽滿的風聲，亭亭撫弄學子求知的心緒。黃昏，百雀歸巢，節節足足綠海之上。待燈影闌珊，人聲杳遠，唯留榕樹默默擎舉千枝萬葉，如火炬然。

附錄二　詩評

狂喜與哀傷
——評呂育陶〈在狂喜和哀傷交錯的十字路口〉

|

　　古今中外的文學創作中，愛情與死亡並列，並不是甚麼稀罕事。

　　譬如因愛而死，或死也要愛等等之類，都是愛情與死亡可能的關係。但這首詩談論愛與死，其方式卻是若即若離的，把死亡與愛情擺放一處，既不是歌頌愛情可以克服死亡，也不是死亡可以摧毀愛情。它自出機杼，說明的卻是一種雖死猶生，雖生猶死的道理，可說極大程度顛覆了愛情與死亡並列的基本模式，值得大家來省思。

　　乍看此詩，必定以為詩題所言「狂喜」者應屬婚禮，「哀傷」者當為葬禮；然而由古至今，出生、結婚、死亡，都是人生三大事，此詩既以戲劇性手法敘寫葬禮與婚禮，其主旨自當對此二者在人生中的意義，有一番省思。

　　讀完全詩，果然發現作者的觀點，正與世俗相反。當然，即使不過分強調作者刻意相反之意，至少「應狂喜者不盡然是狂喜，應哀傷者也不必然是哀傷」的意思，在詩中還是表露得頗為明確的：一是把描寫婚禮與葬禮的詞句、意象對調；二是對死亡

彷彿，一群字體
在遺書裡活著

（透過死者的表述）、婚禮（見此詩最後五行）直接抒發的觀點。不過整體而言，仍是以對反為基調而立的觀點。以下循此論述。

首先說祝福。

詩中「祝福」死者航向永生，而在最需要「祝福」（或類似字眼）的婚禮中，「祝福」沒出現，新人步入的是「骨白」的教堂；婚禮喜慶的鐘聲，其作用則是「安魂」，所以，象徵兩人世界原有和平的鴿子，即因此而一去不返。這是以死亡意象書寫婚禮。至於兩人世界中的純潔，亦因邪惡的蛇而消失。蛇意象不單是暗示「性」（禁果），反側重在邪惡或類似的負面意思。否則只要出現「蘋果」即可使人會意到「性」，不必要出現蛇。

其次說玫瑰。

玫瑰不出現在婚禮上，卻出現於葬禮中，不是因為敘述者接著要趕赴婚禮，而是作者刻意如此。玫瑰原象徵愛情，如今其意義卻與此不相關。在葬禮上的玫瑰，依其取喻的角度不同，有兩個不同的意思，一是就其鮮艷言，用來說明原是寒冷、肅穆的死亡，反而鮮艷如生，應當「瑰麗如玫瑰」；二是就其愚蠢言，其意有二，一是指不知死亡「瑰麗如生」真意者，二是暗諷結婚者

的愚蠢（此愚蠢詳下）。

第三說永恆。

「結婚」一般意味著兩情相悅者意欲「永恆」地長相廝守，而詩中永恆反只與死亡為伍。死亡的時日逼近，則永恆日漸向我們靠攏。若要說詩中亦有與愛情有關的永恆，其實也可以，依我們的解讀，當是另一意味的永恆。那是「諾言」（愛情的隱喻）被「密封投入時日的汪洋」、永無見天之日的「永恆」；這是令人悲哀的永恆。所以「歌樂冉冉湮滅」，歡樂短暫，悲苦良多，亦難怪詩末兩行依此與葬禮的完成對應，暗合俗語「結婚是戀愛的墳墓」之意，令人悲喜不知所從。

||

閱畢全詩，確實令人產生荒謬的喜劇意味；這是此詩討喜之處。然而，此詩主旨若只為顛覆世俗「狂喜與哀傷有定準」（見本文第一段所述）之理，由此揭示人生荒謬，雖未嘗不可，卻似乎缺乏建設性。

嚴格而言，此詩實乃透示「雖死猶生，雖生猶死」的道理，

彷彿，一群字體
在遺書裡活著
116

這個道理才是永恆可能的關鍵。若化約言之,即是「生」與「永恆」的問題。這是作者以鮮活筆觸寫死亡,而以死亡筆鋒寫婚禮的理由。

死亡何以成為永恆,詩中沒有直接透露。

作者藉死者之口所表述的,只是自然主義觀點的說明,這不足以構成人一死即成永恆的事實,但以玫瑰瑰麗喻死,以及敘述者與死者可直接對話,已提供了足夠線索。那就是若死者讓人感覺「雖死猶生」,則葬禮不過世俗禮儀,死亡不過是成就永恆的最後步驟。

若其人對世界貢獻頗鉅,則他更將活在世世代代的記憶裡,藉此獲得永恆的生命。因此,他的死亡,是雖死猶生的死亡,故能與永恆並行。而死者可與敘述者對話,不該只看成是戲劇手法的運用,而是表達雖死猶生的深意;以玫瑰瑰麗喻死,理亦同此。

反之,婚禮最後以埋入墳墓的意象作結,是宣佈婚禮的死亡。結婚若是愛戀之墓,則不止愛情死亡,愛情雙方亦何嘗不是「雖生猶死」?因為生活汪洋若無愛的航帆,不過是一灘死水罷了。這種死亡不同於前述的死亡,它是真正的死亡,因此不與永

恆同行。詩中暗示婚禮的愚蠢，就是指雙方不明這一點。

III

然而，這裡的永恆之意為何？

一般而言，永恆的意義至少有二，一是指物理時間的無止盡，具體代表如星系、宇宙等；另一則屬價值判斷上的永恆，諸如藝術、勳功偉業的判定等是。它們存在的時間，遠不能與動輒上億年的星系等比擬；若由此看，幾百乃至幾千年的藝術或功勳等等，很難算甚麼永恆，這純是人類的價值判斷而已。

日常生活中，或許還有第三種永恆的意義，即正面或負面感覺的永恆，它在「心理時間」的意義上，令人產生永恆之感。負面者如身心的痛苦、折磨，或極之窘迫之境等，如詩中所道及的愛已死的婚姻，當不時令人萌生這種感覺的永恆。

但若跳出這種正負面的感覺，以理性判定它，則屬第二種意義的永恆。舉例言之，俗謂「剎那即永恆」，若指個人主觀上肯定的某種經驗的價值，當屬第二種。若屬當下情境，應屬第三種。所以，一個死者，即使對社會、世界沒有了不得的貢獻，但

基於情或其他判定，他可以是令親友產生某種永恆感的人物。

　　然而，作者不是說只能從死亡得到永恆，他只是透過死亡，說明人應該如何活。只要是真正的活，如何死相對變得不那麼重要。是以詩中死者是「無意間折斷的那支筆」，顯然是死不得其所，卻無損於他活在每個人的記憶裡。

　　因此，簡括的重點是，只有真正在活的人，方具備永恆的可能與意義。當然，此詩對永恆的判定應是第二種。若要求得更高些，真正在活的人，其活著的當下，都可以是「剎那即永恆」；這是第三種。

　　至於怎樣才是真正的活，詩中不明言，但若由婚禮之死亡乃因愛情已死的對比來看，或許作者之意是：活著而無愛者，則不算真活；死而遺愛人間，令人覺其生，才是真活。最終的主旨是人類須因愛而活，如此生命的消亡才真是「不停向永恆逼近」，死亡只是作為完成永恆的最後一道光環；否則，不過是雖生猶死罷了。

　　詩從人生其中兩大事件出發，十分恰當的突顯「生」與「永恆」的關聯與重要性。

原刊大馬《星洲日報》「文藝春秋」，2001年3月18日
收入逢甲大學編撰《大學國文魔法書》第四單元〈書評〉
（台北：聯經出辦公司，2007年9月）

附：在狂喜和哀傷交錯的十字路口（1999）／呂育陶

從朋友的葬禮回來

我趕赴另一個朋友的婚禮

狂歡日的葬禮

來賓每人抓起一把

寄託無限祝福的土壤

向死者航往永生的輪船

撒去。金屬主義的喇叭

沿途吹送死者喜愛的樂章

「其實，死亡並非世俗所記載的

那麼寒冷。生命無非是蠟筆

在無盡書寫與塗鴉的消耗中我們逾加

彷彿，一群字體
在遺書裡活著

短促，不停向永恆逼近」
他身躺棺木向我說話
「所以我們應該瑰麗如這玫瑰？」
我手指攜來的花束，手提電話不識趣地鳴叫
他閉目微笑不語彷彿這問題
愚蠢如今天鮮艷的花束

我們經過妓院、郵政局、銀行、工廠
到達墳場。送行的人都領回兩顆糖果
「我只是無意間折斷的那支筆罷了」
他的聲音最後從泥土透出來。
我口含檸檬味的糖果盤算
如何處理屢次被生活退稿的詩句和藍圖
於是我趕赴朋友的婚禮
他們齊齊步入骨白的教堂
安魂的鐘聲送走廣場的鴿子
他們吃下蛇贈予的蘋果

交換戒指，接吻

無可挽回的雨天我匆匆

趕赴朋友的婚禮

神父剛好用唸過禱告詞玫瑰經的嘴詢問：

「你願意嗎？」

「我願意。」

彷彿把陳年的諾言

密封投入時日的汪洋

歌樂冉冉湮滅

空氣中只剩下鋼釘與鐵槌深長的敲打聲

我。願。意。

※引自陳大為、鍾怡雯主編《赤道形聲：馬華文學讀本Ⅰ》，頁151-
152。台北：萬卷樓圖書有限公司，民國89年。

彷彿，一群字體
在遺書裡活著

來自壓抑的爆發
──評李笙〈有人到我的腦袋裡隱居〉

　　此詩內容涉及表面的自我（ego）與潛藏的超我（superego）之間的關係。作者的處理，基本上頗合弗洛伊德的心理分析（詳第3節簡述）。不過，更難得的還在於：深藏的潛意識，原難以詩歌表達，而詩人不止迭用意象，亦且敘事鋪陳，寫來懸疑、氣勢兼具；這是詩歌特別之處。

　　詩分六節，大略而言，前三節著重描寫「那人」（即「超我」），第四節寫「我」（即「自我」），第五、六節敘述二者共同面對的景況，以及最後相互確認的過程。我們的論析，就先從「超我」與「自我」開始，再評析「自我」與「超我」相遇部分所產生的問題，適時引入弗氏理論，以獲致較完滿的解釋。

　　Ｉ

　　詩中描繪「那人」，集中在兩個時間軸上呈顯，一是「昔」，一是「今」；「昔」簡略而「今」詳細，「昔」間接而「今」直接。

　　「昔」的書寫目的是說明「那人」歷經憂患。因此，他非常「習慣黑暗」，「與世隔絕而心事重重」；也自然擁有「飽經

憂患的背影」、「瘦削而充滿憂懼的側影」等特徵。然而他所經歷的憂患是甚麼呢？在前三節中，只有間接說明：「彷彿行軍經年自遠方歸來」，「彷彿躲著一場歷時經年的追殺行動」。「行軍」、「追殺」是憂患的隱喻。這些經歷的實況，在第五節透過「那人」的提示才水落石出。

「今」的部分詳細許多，重點在直接敘述他的精神修煉。這在詩的起始三行即有提示：「那人到我的腦袋裡隱居／帶著疲憊而溫和的狗／和漶漫汗漬的經典語錄」。「經典語錄」所指，不外是人立身處世的依據，此下一連串對其行為的敘述，嚴格而言，實指他正在實踐經典的內容。

因此，「好事的雨過境」，他「打造漂水的方舟和十字架」；「黃昏前例必默禱」，「在沒有險惡哨壁／和黑色水域的沙灘練習微笑／繳精神作業，以滿足的眼神」；乃至於「他拿出刮鬍刀和粗糙的食物」，也寓含精神修煉的意義——刮鬍刀「修改面容」，其實是希望精神上的脫胎換骨；粗糙的食物則有精神回歸自然之意。

至於詩中的「我」，則暴露在城市生活的最前線，直接遭受

現實砲火最殘酷的轟擊。因此，第四節藉著「我」的回憶：「拐進熟悉的記憶的高速公路」，全面鋪敘他所經歷的宗教崩潰、童話虛無、夢想失落，乃至社會不安、戰爭不斷的酷境；這一切導致其靈魂漸漸稀釋，彷如「罹患經年的風濕痛」。

II

「那人」與「我」的接觸，在前四節中只寥寥數句，只是說明「那人」到我的腦袋隱居，在「我記憶的海濱搭建茅舍」，視而不見地侵佔「我」的私密領域。此外，「那人」都只是打量、窺視「我」，沒有正面和「我」接觸。

至到「我」經歷了殘酷現實，第五節時「那人」說「那些遭遇，我好像經歷過」，這是兩人正面接觸的開始，亦是相互確認的關鍵。如此一來，前三節未詳明的「那人」的「昔」日經歷，在第四節作了交待。

可是，問題卻來了，若如詩末所說二者原是同一人的不同面向，則兩人經歷的相似，在彼此確認時，似乎缺乏引發震撼的可能。因超我與自我在書寫策略上雖可二分，卻無法否定彼此經

歷、記憶相同的事實，因此「那人」（超我）的經歷自當也是「我」（自我）的經歷。

在時間上，「那人」的隱居，顯示「我」已經歷過第四節的情況，否則「那人」不會隱居，而「我」自然亦知曉「那人」隱居的緣由。「我」既對這一切的記憶充滿自覺：記憶的高速公路是他熟悉的，靈魂稀釋乃城市生活的風濕痛，亦為其明確體認；然則，為何在確認「那人」時，可以產生如此震撼？如果不能合理解釋，則詩末的驚震，不止力量大為減弱（因據詩中所建構的事實，「我」應知「那人」是誰），甚至是不合理的（既是已知，則無驚震之理）。而這些，勢必嚴重影響讀者的閱讀感受，進而給予較負面的評價。

換言之，現在的問題是：依詩中所述，經歷相同既是使雙方接觸、發現彼此的契機，但同時引發上述的礙難。對此，若往壞的方向解釋最簡單，即震撼無從說起。往好的方向，震撼之所以可能，可援引弗氏的心理學解釋。

III

弗洛伊德認為人格由三個主要部分組成：「本我」（id，又譯「原我」）、「自我」（ego）及「超我」（superego）。本我純是生物性本能，以性及攻擊為驅力；它是非社會性、非道德的，遵循釋放本能的「快樂原則」（pleasure principle）。

自我是本我的一部分，但與外在世界鄰接、是面對現實、合乎邏輯的我，遵循「現實原則」（reality principle），以謀求個人在現實上的滿足。超我代表已經內化的社會價值與道德，主要是來自父母、師長的教導。因此超我包括了良心（conscience）與理想自我（ego-ideal）。

由於人類的社會性，不能無限制的釋放本我能量，所以，自我因應外界規範而壓抑本我，使本我的快樂原則屈於符合實際利益的現實原則。這種壓抑（repression），通常在超我支配下進行。換言之，自我的壓抑，通常是由超我發動，透過自我去壓制本我。

除了由超我所引發的壓抑外，另一類常見的壓抑，即是對創

傷記憶的壓抑或刻意遺忘。

　　概言之，壓抑的基本作用有二，一是從意識中強制驅出痛苦或可恥的經驗；二是預防不能見容於人的慾望或衝動達於意識。

　　就第一點言，它指社會道德規範下的壓抑，亦指對創傷記憶的壓抑，兩者可以等同，亦不必然等同。例如，一個士兵不能回憶從戰場脫逃的經驗是第一類壓抑，因依社會道德的規範，這是可恥的；若對士兵個人言是創傷記憶，則它也是痛苦的，必須刻意遺忘。不過，對一個目睹親子被虐殺的母親而言，則可能因為創痛之鉅，而遺忘那段記憶。這就和社會道德等無關。至於第二點則純指對本我的壓抑，孩子受父母的性吸引而壓抑之，即屬此類。但無論如何，自我的壓抑作用，目的都是保護自我，避開不符合個人評價的感受或衝動。這種保護的實際作用，就是消解或降低自我的緊張或焦慮。

　　然而，自我對此是否都有自覺呢？

　　弗氏認為，壓抑一般都是無意識地發揮作用。可是卻可以間接或偽裝的方式，進入意識。就一般情況言，它外顯為夢、奇癖、失言等，嚴重者則引發精神疾病。

就超我的道德要求這部分而言，它通常外顯為「罪疚感」，它往往是加重精神病患症狀程度的主因之一。憂鬱症、強迫性神經症患者的自我，可察覺到它；但在歇斯底里症患者和某種歇斯底里狀態下，罪疚感卻無法被自我感知。不過，即使能感知罪疚感，患者卻不一定確知是超我的要求使然。而事實上，外顯的精神症狀固然嚴重，可是若實際面對超我的事實，它所帶來的衝擊，可能是患者身心所無法承受的。

　　簡言之，若情況嚴重者（不管是出自超我要求，或創傷記憶所導致）的壓抑完全失效時，患者可能被進入意識的事實或記憶所擊倒。

　　簡述至此，弗氏對此詩的解析有兩點可資借鑒，一是對超我的要求和記憶創傷的壓抑，自我無法感知；而在超我要求部分，令自我外顯出「罪疚感」（詩中「我」即有此心態）；二是實際面對超我的要求與過去的記憶創傷，對當事者都是吳大的衝擊[1]。

---

[1]　參考弗洛伊德著，楊韶剛、高申春等譯《超越快樂原則》（台北：米娜貝爾，2000）第三部分〈自我與本我〉，頁191-262。〔美〕J.P查普林、T.S克拉威克著，林方譯《心理學的體系和理論》下冊（北京：商務印書館，1989第二次印刷），頁252-257。〔美〕艾金森、西爾格德等著，鄭伯壎、洪光遠、張東峰等

IV

　若依此看，產生震撼的原因有二，一是創痛的記憶再無法壓抑；二是兩個發現使然，首先是發現「那人」即是「我」的真心善念（即「超我」：社會價值與道德的化身）；其次是發現此真心善念隨理想世界的陷落而失守。

　就第一個原因而言，「那人」雖對世界保有信念，生活中的「我」仍陷足於現實的酷烈，無法脫身。而當理想世界完全陷落：第五、六節中，落日被海擊碎，天空被風暴完全圍堵──「日」、「天空」是理想世界的象徵──危機迫近，刻意遺忘的創傷記憶終被喚醒，翻騰而起，傾巢而出。此時此刻現實的慘烈和潛藏記憶的醜惡，對「我」自然形成雙倍衝擊，令人震撼不已。這是發現記憶創傷的過程。

譯《心理學》（台北：桂冠，1991修訂三刷），頁645-648。又：壓抑與焦慮的關係，弗氏原以為焦慮由壓抑引起，不過在後期著作中，他修正為焦慮才引起壓抑。焦慮的出現有雙重的起源，一是創傷性因素的直接後果，一是預示創傷性因素重現的訊號。《精神分析新論》（台北：米娜貝爾，2000），汪鳳炎、郭本禹等譯，頁129、132。

第二個原因中的第一個發現，是「我」發現了「那人」。「那人」即「我」在潛意識裡對這個世界殘餘的、堅持的真心善念，故所發現者實為「真心善念」。在抗拒現實的同時，「我」的真心善念一直遭受剝奪、挫傷，純真、夢想不斷消失。「那人」之所以「不斷被我踐踏」，其故在此。至於「那人」「潰瘍的影子」、「荒漠額頭」等，實因真心已所剩無幾。但總之，仍是存在的。

　　這個發現使「我」震撼之因，是「我」之前並未意識到「我」仍有此真心善念，此即詩中說「從未謀面」之意。這是發現超我──個人的良心和理想自我。

　　第二個發現是，當整個理想世界淪陷，「我」無力回天之際，也同時發現真心善念亦無法保持，以致於「彼此驚惶四顧」，至此「我」對現實，內外皆束手無策，惟有沉淪一途。

　　這是暗指理想世界沉淪的同時，不止客觀世界，主觀心靈的真善亦因之失守，相繼往罪惡的淵藪失速墜落。而把小我的彼此確認與理想世界崩潰的景況鍵結，使整體的悲劇感在同一剎那噴薄而出，在藝術上亦發揮了最大的審美效果。

依此解釋，不止規避可能的訴病，更豐富了整首詩的意蘊，也應符合作者如此處理的預期。當然，這樣的論析，不是說寫詩必須符合客觀事實，譬如心理學研究成果之類，只是作者有意表現「最大的壓抑，才有最大的爆發力」的公式，弗氏之說正好提供一個最有力的依據而已。

V

嚴格而言，本詩最大的悲哀，不在於不能撐持理想世界——因這原非一人之力所能——而是作為一個人卻無法在世界持續腐壞中，堅持一點心頭的靈光。重點雖在個人，但不可否認的，作者把個人心理與理想世界鍵結的寫法，發揮以敘事細膩處理心理問題的方式，卻使詩歌充滿了奔騰的氣勢，而恰如其分的把悲壯感提到十分；這是詩歌的優點所在。而前三節的敘事與意象結合尤佳；綴點懸疑，亦恰到好處；節奏舒緩，更見娓娓道來之致，覽之悅人心目。這是令人提筆賞析的主因。

不過，第四、五節則明顯較為遜色，其因大略有二。

一是有關現實的意象及意義，較無新意，而第四節一古腦

兒把所有現實的醜惡翻上檯面，又頗有堆砌之嫌。每一個現實的横剖面，都只具備詩句表面的意思，無法同時與「我」的心境結合，反觀描繪「那人」，則較能做到這點。

　　二是意象重複的問題。第五節的童話坍塌、方舟沉沒、聖經失蹤，以及少女墮胎等意象，雖在程度上比第四節嚴重，但所用意象，其實亦可說是第四節童話虛無、宗教崩潰、社會失序的簡略重複。而為了表示情況比第四節嚴重，又重複之前的意象，易造成繁冗的結果。這就不止是意象方面的問題，而是涉及篇章結構的層面了；這是較大的問題。至如第五節「他拿出溫和的食物和狗」，只是作者一時不察，無須細論。

　　當然，以作者才力，應該能夠使意象與篇章結構更完美的結合。論者在此表達一點要求，只是為彌補欣賞之餘的小小憾惜而已。

原刊大馬《星洲日報》「文藝春秋」，2001年5月27日

附：有人到我的腦袋裡隱居（1997）／李笙

　　那人到我的腦袋裡隱居

　　帶著疲憊而溫和的狗

　　和漫漶汗漬的經典語錄

　　彷彿行軍經年自遠方歸來

　　尋找歇腳的村落

　　黃昏急急墜落

　　黑暗，由於習慣黑暗的緣故罷

　　他並不亮燈

　　在我記憶的海濱搭建茅舍

　　藉著微弱月色

　　一邊誦讀冗長句子

　　一邊視而不見

　　我被侵佔的私密領域

　　好事的雨過境

彷彿，一群字體
在遺書裡活著

他用手電筒掃射

修補龜裂的四壁

打造漂水的方舟和十字架

好事的風過境

他用瘦削而充滿憂懼的側影

搬動枯枝起火取暖

用越過疆場的腳踩我夢境的渡口

腦漿濺起暈眩的濁浪

「請別碰觸我漸漸稀釋的靈魂」

我訕訕提醒他：

「那是城市生活中

我罹患經年的風濕痛」

他總是視而不見

用飽經憂患的背影對著我

那人在黑暗裡隱居

與世隔絕而心事重重

彷彷躲著一場歷時經年的追殺行動

黃昏前例必默禱

喃喃的語音穿透天空

在沒有險惡峭壁

和黑色水域的沙灘練習微笑

繳精神作業，以滿足的眼神

僧侶們依次經過，並傳揚福音

在狗坐臥過的溫暖沙坑

他拿出刮鬍刀和粗糙的食物

一邊修改面容

一邊小心翼翼打量我的作息

悄悄涉足陰鬱的廣場

我拐進熟悉的記憶的高速公路

福音隊伍歪斜的足跡

仍留在彌撒草草結束後的教堂內

童話的昇降機，將我架昇

至到這城市最虛無的高度

我聽到有人大合唱，練習清新的輓歌

夢最擁擠的商店門口

販賣著心靈貧血的宗教雜誌

海報叫囂一千種風姿

報紙追逐戰爭的最新消息

連續劇正上演著

新聞剛剛播報過的警匪巷戰

而隱匿大廈角落

我親密的敵人

正窺視我患風濕的背脊

「那些遭遇，我好像經歷過……」

他拿出溫和的食物和狗

讓我饜足日益擴大的傷口

「多麼像豐收的惡夢啊」

風暴適時行過水溪

我們無辜的瞳孔注視著

海水翻湧擊碎黃昏的落日

童話的渡頭

迅即坍塌，飄離記憶的海面

方舟沉沒

像墮胎少女被血紅淹沒消失在河裡

嬰兒啼哭召喚

失落的子宮

狗叼走了聖經並且失蹤

暴風雨圍堵整個天空之後

我們虛弱地坐下來

拉緊窗簾，走進黑暗攻佔的

心口的地下室，打開

那盞奄奄一息的落日餘暉

他終於背轉來面向我

發現彼此的驚惶四顧

發現我們相類似的潰瘍的影子

飽經憂患的荒漠額頭

燭影飄移，牆上貼滿詭異的符咒

發現他就是我失散多年的

孿生兄弟

在擁有共同惡夢的床褥上，不斷

不斷被我蹂躪

※引自陳大為、鍾怡雯主編《赤道形聲：馬華文學讀本Ｉ》，頁155-
157。台北：萬卷樓圖書有限公司，民國89年。

後記：詩路百里

小書櫃裡的台灣

在少年時代的大馬，台灣純是地理名詞的存在，是一個因朦朧而美好的地方。

它更像一首詩，充滿我奇幻和繁麗的想像。

至於它在中國近代史的關鍵地位，以及和大陸的關係等等那些實際的歷史和事實，個人一無所知。

我是在文風社認識它的。

此前我比較清楚的華人地區，是香港。從未識字始，大馬的小孩多有看港漫的風氣，當年的《龍虎門》還叫《小流氓》。當然，日後回想，小學我看過的一些兒童刊物；或某類手塚治蟲風的漫畫，應該來自台灣；此外，我也看過小聰明和大嬸婆。

然而這些接觸和我知道台灣，並不等同。在我的認知裡，我知道這座孤懸太平洋的島國，是從文風社、是從現代文學開始的。

它起初老是被鎖在書櫃裡，過後當我日益接觸文學，它才打開我的視界。

大山腳下文風社

1984年我高二，擔任學校的壁報總編輯，在家鄉大山腳結識郭詩寧、游雁斌和許淑金等大我一屆的學姐，都是文風社員；翌年初我也加入了。

文風社——是我的母校日新國民型中學的校友會底下、一個文學組織。由五位學長創社於1977年，社團老師是小說家菊凡。

它的例行性活動是社員集會，賞析大馬和台灣的散文、小說和新詩；邀請本地作家演講；以及一年一度開放全馬文友參與，在檳城升旗山舉辦的文學營。

我記得小黑先生來談過他政治隱喻的小說《樹林》；方昂先生聊余光中散文；創社學長之一黃英俊，以及傅承得學長和陳政欣老師都談過新詩。陳老師那時剛出版小說《樹與旅途》，略有魔幻的質地，是那個年代我們讀過但很看不懂的小說，他剖析過這本書。艾文老師也來說詩技，我很喜歡他的詩集，但他的作品頗為晦澀。還有遠道而至的何乃健先生，談他清新的散文。

至於我第一次參加文學營應該是1985年。

下午抵達山上，初次看到寒冷的白雲從窗口飛進來，覺得非常新奇。

　　然後就是將各地文友組隊，以進行競賽。它有詩歌朗讀和創作比賽；改編小說成為戲劇表演（我記得第一次男扮女裝、塗脂抹粉就在那個場合，高跟鞋讓我拐了好幾次）；以及作家的演講或藝術家表演等等。

　　我知道大馬吉他名家周金亮先生，便是在文學營。

　　那時印象極深的是：活動非常緊湊，很有難度，睡覺時間都不夠；感覺許多被要求的項目都無法如期達成，很趕。但幸好都一一完成了。

　　而臨別的夜，燭光當中必唱的〈今宵多珍重〉，更是最銷魂刻骨的旋律。

　　後來我成為幹部，參與文學營規畫，與初次的體會就大相徑庭了。

　　文風社另一個非典型的常態活動，則是到菊凡老師的住處聊文學、談社務。在節日的夜晚小聚，喝啤酒。那時我愛上它給我完美的微醺，澆灌我對文學的熱情和失落。來台後持續偶而獨酌

的習慣，一直到三十出頭，才被咖啡取代。

在我1988年9月初旅台留學之前，文風社是我生活的重心。

詩與美

我從現代詩，才認識了更豐饒的、美學的國土。

第一次寫詩是在高三，為了參加文風社員間的新詩比賽；我的題目就取作〈詩〉。至今記憶猶新：自己被腦中騰沸的意象之美所魔祟的興奮與喜樂難禁——我初次因寫作而徹夜不眠。

當然，現在重看57行的〈詩〉，多的是俗濫的譬喻。

寫〈詩〉之時，我只看過一兩本詩集，包括創社學長之一陳強華的少作《煙雨月》（薄薄三四十頁吧）。此外，就是剛入社半年多，每次集會的詩講義；以是了解極為粗淺。

但那次參賽，我徹底愛上了現代詩，也愛上美。

從閱讀和寫詩，我才發現自己如何樂意被美所襲擊、所俘虜、所陷溺的；這是就心靈層次而言（即使現實中我的一切作為或許和美無關）。但在寫作上，從此——美必須是創作順序當中首出的。

它是文字行列裡先到臨的春天；意識大海第一道躍出的魚影；書寫土壤初次播下的種子；更是每一篇文字之旅未開始之前，破浪的動力。

　　如果我的想像無法觸摸美的渺香逸影，我難以動筆。

　　當然，美的層次、境界多方。

　　不那麼學術地說，有蒼涼之美、悲壯之美、陰鬱之美；或婉約之美、嬌艷之美、清新之美；乃至平淡之美、隱秀之美、朦朧之美等等。我的品味不限一隅，只要文字能召喚蠱惑我，那就是了。

　　因為，以雕蟲之技，微微改動文字順序、詞性等等，便讓一行句子風貌獨標、粲然可觀乃至意趣生花、境界遼闊，大約唯詩能之。

　　在小小的文字上頭，寄託並嘗味無限的悅樂，乃是人生至美之一。

　　雖然無庸置疑，整體而言，創作前期，我的散文寫得比詩稍好一些。

　　高中畢業後，我再讀兩年大學先修班，到1988年9月來台之前，那三年是寫作豐收期（1986-1988），但瓶頸也於末期形

成，寫詩變成是苦多於樂的事，而非純然喜悅了。

　　來台之後，改弦更張，依敘事的途徑來寫，創作方持續下來。

　　那段大馬時期，我花不少精力看遍任何找得到的、詩歌鑒賞之類的書籍，例如張漢良、蕭蕭、羅青、林燿德等諸先生著作。那是因為始終懵懂：詩究竟是什麼？

　　那時，我對「懂」是很在意的。

　　在接觸新詩初期，看詩歌鑒賞多於詩集。另外，文風社平時聚會，大多是分析文章，作家的演講也以此為主（剖析個人創作歷程可說是廣義的賞析）。

　　一直到後來上了中文研究所，才對「懂」釋然。尤其是詩，詩是不必然一開始就要求懂的，因為詩首先訴諸意象和感覺。所以與其要求說懂不懂，不如說有沒有感覺，才不會設立閱讀的障礙。

　　事實上，即使到這個年紀，回頭翻閱瘂弦或楊牧的詩，很多我還是不懂的，卻有許多「感覺」。這些覺受隨閱歷而有了新滋味。當然，我們或許可以這麼說，所謂鑒賞，就是開發我們對詩歌有更多的「感覺」，所以是讀詩必要的一環。

　　而放下「懂」這樣的追尋，坦然欣賞「詩」──有眾多歧義

的鳥道羊腸；有陰晴難辨的迷人氣候；才是詩國所在難以抵達之故。而這，也才是詩路之旅始終如此吸引我的主因。

不過，從1985至1996十二年創作期間，我的詩一路沒什麼特色。因為我對風格的思考即是：我不想形成什麼風格。

雖然極欣賞風格獨異的大詩人之作，但在寫詩路上，還滿排斥「形成風格」這件事。這兩個看似矛盾的觀點，在我身上並存多年。

因此若排比2012年前的作品，其樣貌頗類幾位作者所書。加上量少，也無法套用什麼「分期」的方式來看待。2012年以後，陸續在寫作武俠之餘，寫一些詩作，才不自覺地形成一點「微風格」，詩風稍稍一致，但也非刻意為之。

詩人們

文風社書櫃裡個別詩人的集子並不多。但從詩歌鑒賞的著作裡，卻讀得到許多詩人名篇。當年台灣出版的賞鑒之作，有名的就那幾本，社裡恰好囊括大半。

鄭愁予、余光中、楊牧、洛夫、羅門、瘂弦、葉維廉、周

夢蝶、商禽、白萩、林亨泰、管管等人，每一支健筆幾乎面貌迥異，在詩國裡易於辨識。

有的詩如竹，莖節分明，挺立山巔而韻律颯爽。有的如溪澗，石塊磊落音節甜美，嘗起來卻意境苦澀。有的壁立千仞，煙深霧迷，玄境難解。有的齊整如都市，結構井然，而力道萬鈞……。

然而讀詩至今，個人最愛的，還是楊牧和羅智成。

楊牧的詩意每從一段文字裡苴冒出來，較少經營警句。他並不專注於明月，而是贈你一片星空；不描繪一枝獨秀，而是讓你徑自走入風景，展開詩路之旅。他在字、詞、句、行上運用多元技巧交疊連變，真像終生只用數十種元素，卻企圖創造最魔幻時刻的古代煉金術師。

羅智成則往宇宙的邊界一路書寫，他異於傳統的玄祕警句，每每令人矍然，讀者得戴上被他啟迪的眼鏡，回頭審視這陳舊的世間——於是，我們的宇宙因而換上了新頁。

另外則是他對古代史的重冶，那些煌煌敘事，讓我可以思接千載，視通萬里；因此《光之書》、《傾斜之書》和《擲地無聲

書》等相關篇章，皆是我的最愛。

最後，則是九零年代末，在報章讀到第十二屆時報文學獎新詩甄選獎得主：大陸詩人羅巴的組詩〈物質的深度〉。我非常喜歡，它直接影響了我寫作詠物詩；從我一邊在工地打工，一邊思考的作品〈工具箱〉開始。讓年輕的我多少有意識地省思了一些「物質的深度」。

百里詩路

在文風社推廣文學的時代，常感力不從心，常有頹喪之感。常常希望更多人喜愛文學，來發現文學之迷人，卻常以失望作結。早年的詩，常寫到這種心境。那三年的無奈，給我的心裡留下創傷。

幸好來台灣後，我看待文學的方式寬廣許多。

對我而言，它不再是唯一可以和什麼真理或真善美靠近的東西；其他的方式，一樣可以抵達人性或真理的美善之境。例如哲學思想；例如科學；例如信仰；例如電影；例如任何激勵人心的善舉、善人。甚至一部漫畫、動畫，皆能澡雪心靈、蕩滌人性。

因此，我比較強調從平凡中提煉深奧，而不必然得從藝術、文學管窺生命的豐美。當然，這只是就我年少希冀人們喜愛文學的心境而言，我才說：文學只是其中一途。至於文學的想像和感性的深廣度，如何獨標於其他領域，怎樣深刻影響人生，那自然是另一話題了。

　　而因以上一點體悟，我徹底脫離「文學是寂寞的」或類似的氛圍。我對「曲高和寡」從此免疫。

　　我們無法期待人人從同一途徑，發現任何人生的奧秘或境界；或期待對生存以外沒有熾烈嚮往之心的人，來喜愛文學。因為文學和其他藝術或高端領域一樣，再如何推廣，它安靜等待的，始終是少數人——這點不會因時間而改變。

　　而我們有幸進入這個領域，不是讓我們顯示高人一等、與眾不同；相反，它促使我們回頭去了解、去發現：多數是如此的可貴；去領悟平凡當中就蘊藏深奧，這樣一個道理——因為文學裡的人物幾乎不會飛天遁地或口吐火球；情節絕少地動山搖或世界毀滅……個人以為，這是文學、藝術展示它啟迪人心的作用所在。

　　當年大山腳的文風社，已經沒落了，而我旅台卻整整三十

載；當年僻處一角書頁上的台灣，早已走成我腳下日新的大地。

物換星移，書寫主力亦非青年時期的純文學，而是以武俠為宗；但有什麼關係呢？因為詩路千萬里，我只走了百里，前方還有什麼風景，命運還緊握祂的底牌……。

何況，一路來我任何形式的書寫，何曾逃離詩歌的引力？

是的，少年時代站上詩的浪尖，而因此連通一片漫衍鋪展大美的天地——這是當年小小書櫃中的台灣所開啟的奇夢，這樣就夠了。

詩集編排說明

　　詩集的篇章順序，大略依年代先後。

　　卷一是在大馬時期，當時成詩約二三十篇，選取七篇。〈兩隻羊過橋〉是大馬舊稿，只是留台後才發表。

　　1988年7月我們文風社出版的唯一一本中學社員合集，書名就叫《上燈的時候》。我很喜歡書本的封面照片，故以此為據，寫了同名的詩。我們還特地去大山腳天主教的St Ann盛會擺攤賣這本合集，是非常難忘的回憶。

　　卷二收詩年代在1989至1996之間，〈瘦詩〉〈圓光寺的兩棵樹〉兩首發表年份則延至2008年，很晚。

　　卷三、卷四所收是2012至2018之作，只有〈雪火〉初稿於2005。兩卷之分類，概以詩篇長短為據。

　　關於新詩和散文的寫作，大略結束於1996年，唸碩三的時候，前後歷時約十二年。1997之後斷斷續續寫點、想點武俠，直到2002年，才相對固定在咖啡館每星期寫一個晚上。之後，武俠逐漸成為重心。

　　2012年為了以手機簡訊寫好過年過節的賀詞，才順道寫起小詩，之後慢慢在武俠書寫之餘，將一些佳句收在同個檔案，閒時

漫衍成詩。

　　〈附錄一〉三首古詩，是為我的碩博指導教授岑溢成先生而寫，他是奠定我理性思維最關鍵的點燈人。老師來自香港，是國立中央大學中文系教授，去年退休。同門大多呈繳論文，並出版《明誠贊化——岑溢成教授榮退論文集》；少數則寫散文，而我偏偏動念寫古詩，遂有斯篇。自大學選修曾永義老師《詩選》課以來，未曾寫過古典詩，權當紀念。

　　〈附錄二〉兩篇詩評，是應《赤道形聲》主編之一陳大為之邀而寫，自由評析選集中兩篇詩歌。這類文章日後理應很少有動力去寫了，也以存念之故裒錄。

語言文學類　PG2214　秀詩人56

彷彿，一群字體在遺書裡活著

作　　者／吳龍川
責任編輯／陳慈蓉
圖文排版／林宛榆
封面設計／楊廣蓉

發 行 人／宋政坤
法律顧問／毛國樑　律師
出版發行／秀威資訊科技股份有限公司
114台北市內湖區瑞光路76巷65號1樓
電話：+886-2-2796-3638　傳真：+886-2-2796-1377
http://www.showwe.com.tw
劃撥帳號／19563868　戶名：秀威資訊科技股份有限公司
讀者服務信箱：service@showwe.com.tw
展售門市／國家書店（松江門市）
104台北市中山區松江路209號1樓
電話：+886-2-2518-0207　傳真：+886-2-2518-0778
網路訂購／秀威網路書店：https://store.showwe.tw
國家網路書店：https://www.govbooks.com.tw

2019年4月　BOD一版
定價：220元
版權所有　翻印必究
本書如有缺頁、破損或裝訂錯誤，請寄回更換

Copyright©2019 by Showwe Information Co., Ltd.
Printed in Taiwan
All Rights Reserved

國家圖書館出版品預行編目

彷彿，一群字體在遺書裡活著 / 吳龍川作. -- 一版. -- 台
北市：秀威資訊科技, 2019.04
　　面；　公分. -- (語言文學類)(秀詩人；56)
BOD版
ISBN 978-986-326-675-4(平裝)

868.751　　　　　　　　　　　　108003676

讀者回函卡

感謝您購買本書，為提升服務品質，請填妥以下資料，將讀者回函卡直接寄回或傳真本公司，收到您的寶貴意見後，我們會收藏記錄及檢討，謝謝！
如您需要了解本公司最新出版書目、購書優惠或企劃活動，歡迎您上網查詢或下載相關資料：http:// www.showwe.com.tw

您購買的書名：_____

出生日期：_____年_____月_____日

學歷：□高中 (含) 以下　　□大專　　□研究所 (含) 以上

職業：□製造業　□金融業　□資訊業　□軍警　□傳播業　□自由業
　　　□服務業　□公務員　□教職　　□學生　□家管　　□其它_____

購書地點：□網路書店　□實體書店　□書展　□郵購　□贈閱　□其他

您從何得知本書的消息？

　□網路書店　□實體書店　□網路搜尋　□電子報　□書訊　□雜誌

　□傳播媒體　□親友推薦　□網站推薦　□部落格　□其他_____

您對本書的評價：(請填代號　1.非常滿意　2.滿意　3.尚可　4.再改進)

　封面設計____　版面編排____　內容____　文／譯筆____　價格____

讀完書後您覺得：

　□很有收穫　□有收穫　□收穫不多　□沒收穫

對我們的建議：_____

_____

_____

_____

11466
台北市內湖區瑞光路 76 巷 65 號 1 樓

秀威資訊科技股份有限公司　　　收

BOD 數位出版事業部

....

（請沿線對折寄回，謝謝！）

姓　　名：＿＿＿＿＿＿＿＿　年齡：＿＿＿＿　性別：□女　□男

郵遞區號：□□□□□

地　　址：＿＿＿＿＿＿＿＿＿＿＿＿＿＿＿＿＿＿＿＿＿＿＿

聯絡電話：(日)＿＿＿＿＿＿＿＿＿＿　(夜)＿＿＿＿＿＿＿＿＿＿

E-mail：＿＿＿＿＿＿＿＿＿＿＿＿＿＿＿＿＿＿＿＿＿＿＿